歌集

ぐい飲みの罅

藤村 学
Fujimura Manabu

六花書林

ぐい飲みの罅＊目次

装画　藤村信子
　　　藤村英明
装幀　真田幸治

ぐい飲みの罅

ペルシャ絨毯

あこがれの異境の土を踏むようなペルシャ絨毯わが部屋に敷く

華甲にはしばし間のありつくねんと麻姑《まごのて》に搔く見えない背中

昆虫のひげは触角わが生やす虚仮威しにもならぬ白髪髭《しらひげ》

手の甲をつまんで皺の戻る間《ま》がわれよりさきと燥《はしゃ》ぐつれあい

フロアーに零れた焼酎を舐めに来る犬よ汝にも塞ぎがあるか

鼈《すっぽん》のごとく頸《のどくび》つきだして懸垂十回なんとかこなす

熟柿失せ紅葉《もみじば》すべて散りしのち古木《こぼく》はひとつ年輪を増す

母喰鳥

叶わざる願いをひとつふたつほど捨て得ず黄沙ふる街に棲む

闇に狎れ眼のにごりたる母喰鳥《ふくろう》が桜大樹の洞に居りたり

からっぽのピーマンが好き切り割って一夜を寝かすわが糠床に

呆けゆく親を看たいと告げられて　妻よいいとも。惚れなおしたり

綿菓子のようにふくらむ紫陽花を描いたら妻よ　ぐっすり眠れ

今宵またタイミングよくこの靴が赤提灯のまえで躓く

疲れ目に効くとしきけばしののめの瞼をあおき檸檬にて圧す

呪文

銀いろの硬貨《コイン》一枚のおひねりが路上の吾子のギターケースに

寝るときの私の呪文。チカフカクモグレ　ヒタスラ　スイミャクニマデ

臍出しの小ギャルの臍に見惚れつつそろり吊り革握り替えたり

苦しいか乾く咳する家猫は昭和残党　歳を食ったり

平仮名《おんなで》に偲ぶ花あり夜の秋ふようゆうすげくずからすうり

鬼灯のたわわな供花のその影に釈迦立像はおおわれて幽《くら》し

塩辛蜻蛉《しおから》はまれびとのごとわが部屋の茶入れの茄子に止まりくれたり

昭和横町

宵の街蝸牛色《まいまいいろ》の段ボールを巧みに組んでひとの入りたり

「僕はねえ父さん、家《うち》が大好きなインドア人でしばらくいたい」

間引かれた仲間の分も太るぞと残った大根睨みを利かす

酎ハイのあき缶かぜに転びゆく「昭和横町」の甃石の上

焼き鳥の串を楊枝にワイルドに酔うたは昔むかしの話

邪魔なのは軒だとさわぐ冬青をあっさり幹から伐ってやったり

夜明けまでわれ腕に抱く飼いねこの死後硬直のかろき骸を

飼いねこを葬る穴を土深くふかく掘りたり雪の大歳

空をとぶ夢

焼き芋を愉しみにする細君は焚き火チャンスの日和のがさぬ

昏れはやき秋の家居のさみしさを告げて母よりの電話切れたり

朴訥な漁師になった同級生太《ふとし》は上手に舟歌うたう

コンビニのバイト募集の面接に行けど落とされまた籠る子よ

すずやかな個性きわだつ短歌《うた》一首妻と世に棲むうちに詠みたし

空をとぶ夢の中なる風景はきまってカラーそれも濃みどり

病める子が「父さん、ほら」と指さしぬ睛《ひとみ》のようなあじさいの芽を

ほわほわの冬日のぬくみをわが庭に向こう隣の猫と分け合う

ストレス解消

一合の諸焼酎にぼうとなり暫時《いっとき》あおぐ夕焼けの雲

石亀は岩にあらねば打つ雨に首を擡げて川へ落下す

「ユトリロの漆喰壁」とわれの呼ぶ屋敷に人の住むけはいなし

いいわけは「ストレス解消」今宵また諸《いも》焼酎を四合、五合……南無三

背中からふかい眠りに沈みゆく軟い触りの籐の揺り椅子

怒濤の岬

誘惑にまけそうなのだ目の前にひとつ空いてる（シルバーシート）

雪中に我が家の灯り仄見える　民話だったら（おっかあ）が待つ

朝の日に母の粗相のふとん干すかたえに白しクリスマスローズ

「認知症進んでいます」と言う医師をじっと見つめる寝たきりの母

これの世の悩みなんぞはほうやれと捨てに怒濤の岬まできた

風光のなかに居るより在るという思いがわれを穏やかにする

贅肉にたるんだわれが厭《や》になって水雲《もずく》、滑子《なめこ》を黙々たべる

ケータイに舐められまいと親指のなみだぐましい日夜の努力

鴨ほどのペットボトルがひょこひょこと桁橋をぬけ入り江に消えぬ

漆黒の薔薇

数知れずこころ変わりをするわれがいまだに好きな眼張の煮付け

口つぐみ目つむり耳をふさぎ視るこれの世になき漆黒の薔薇

生まれ出る以前はじっとおだやかな死者の世界で寝転んでいた

風采の上がらない分《ぶん》信用のできるおとなでありたいものだ

玉葱をいくつも剝いてみるけれど泣きたいときになみだがでない

ぐい飲みの罅

ユーカリの葉にぶらさがる黒揚羽世界を逆に見て黙しおり

嘴太鴉《はしぶと》がもののはずみというふうにとんぼがえりの蜻蛉を食らう

汁の具の滑子《なめこ》が椀をにげまわりしばらく箸は思案にくれる

三十年使い馴れたるぐい飲みの罅にかぐろき酒焼けの渋

亡き父の杖をたよりに片陰を鈍鈍《のろのろ》あゆむ貧血癒えず

ユトリロの画集の空はみな暗し鉄分注射今朝も打たれる

たましいの堕落などなき犬を連れ野牡丹の咲く庭にたたずむ

親元に暮らさぬわれを不孝者と恨みしまんま惚けたる母

峠まで颯爽ときてくだりしな不本意ながら膝がわらいぬ

嘘多き友と知りつつ持てなされしこたま飲んだ（越乃寒梅）

鳴かず飛ばず

カツサンドに験をかついだ遠き日のかの雀荘の褪せていた卓

鳴かず飛ばずああそうだった青春の体力勝負の一時期除き

フセインの絞首刑の日わが窓にクレーンの腕がどんどん伸びる

海鳴りのとどろく村は過疎となりわずかな家に門松がたつ

吹雪く夜の徳利がさそう「さあはやく熱いお燗でおひとつどうぞ」

降雹の斬首に遭いしやぶ椿一閃みせて泥へ落ちたり

ラ・トゥールの燭《しょく》の余情をしのばせて夜桜映す雪洞《ぼんぼり》灯火《あかり》

高級車が（赤）で止まったゼブラゾーン大手を振って家内と渡る

タンポポの絮に息かけ飛ばしたら塞ぎが一瞬消えてゆきたり

毘盧遮那仏

ぬばたまの夜の川辺にもどりたるほうたる　いつか河童も見たし

月宮《げっきゅう》が在るのを信じよもすがら宵待草はひらけるものを

臍の緒のような藻に棲み水中の水蠆《やご》はあおのき空みておらん

老鶯《ろうおう》の啼きごえ浴びる伽藍堂、毘盧遮那仏《びるしゃなぶつ》は漆黒に坐す

拝啓《こんにちは》　蟬《きみ》が啼くのを陰ながらいとしみ聴いております　敬具《それじゃあ》

あさまだき芙蓉は一花《いっか》ひらきたり青磁壺中《こちゅう》の阿蘇水をあげ

虫喰いの茄子を描いてる妻が訊く「無農薬って感じでてない？」

おかまこおろぎ

モディリアーニのジャンヌの肖像頸《くび》ながし百済観音にどこか似ている

茜雲にあこがれるのかひたすらに塀よじのぼるのうぜんの花

熱帯夜に三千発の花火あがり病むこの星の河口に沈《しず》く

ミジンコに銀のまなこのあるらしく古がめの水たまゆらひかる

秋空に胸をそらせば気の満ちてまだまだ君と生きるぞ僕は

毛の生えたわが大足の親指をじいっと視てるおかまこおろぎ

落鮎がぎんと光ってしらさぎに呑まれちまった歌会のあさ

雪の夜

学《まなぶ》という名でよくあそびおもしろうてやがてさびしき還暦がくる

風邪引いてぞくぞくするのが肉体でまれにわくわくするのはこころ

夫などだれでもよかったかもしれぬ　家内が秋の月愛でている

（嫦娥《こうが》）にも（かぐや姫）にもならぬまま妻はこの世で人とし暮らす

障害に負けまいと子が真夜中のパチンコ台を拭いているころ

（フユソナ）の列三十台《しま》を拭きおえて深夜の部屋に子はギター弾く

貧血のわれに炒子《いりこ》の雑魚たちは喰われることを思ったろうか

このごろは正気のこころもてあまし四十三度の焼酎あおる

わが裡の闇見透かすか片目だけ黒くぬられた張子の達磨

あかつきにしろき躑躅のかえり花ひんやりとあり狂えるものは

わが妻は宝石ひとつ欲しがらずよく働いて五十九になる

還暦のわれが米寿の母を祝《ほ》ぐほかにはだれもいない雪の夜

華なき過去に

華甲という憂き世の加齢前線がきて蝮酒こっそり含む

暗黒の宇宙をかくす青空のしたに舞ってるピンクのさくら

（馬とび）の馬のまんまで生きてきた六十年のわが背の古りぬ

他人の目をじっと見据えて喋りたいマグニチュード8のジョークを

還暦のふたり互みに献杯のグラスを鳴らす華なき過去に

いまごろはシルクロードで野糞など妻しておるか無事に旅せよ

父と子のたった二匹の鯉のぼり団地二階の手すりに垂れる

砂漠の駱駝

空気という見えないものに出会うまで孑孑《ぼうふら》ふらら水中の虫

みずいろの湖水のような紫陽花をひとつ切りとり鶴頸に挿す

暑き夜の網戸の果てに月は立ち砂漠をゆける駱駝おもえり

愛着のある所持品のおおかたに値打ちのなきをよろこびとせり

人込みの地下街に来て人いきれたっぷりと吸う葬儀のかえり

街頭の人込みにわれおそるおそる触角をだす老いし蝸牛《ででむし》

「門灯が切れているね」って言いながら替えようとせぬ三人家族

手相など信じはせぬが黙然《もくねん》と秋は手のひら眺めていたし

竹節虫《ななふし》はジャコメッティの彫像の細さで枝になりすましおり

ブランデー一滴

骨董店（蛇の枕）に灯のともり女主人の相貌あおし

「シニアとは死《し》に後《あと》……」などと言いさして老樹の櫨のまっかを仰ぐ

碧《あお》き月さびしらにして櫨の樹は焔《ほむら》のいろのままに眠れる

あかあかと月の昇れる夜長ありブランデー一滴紅茶におとす

屋根なしの駐車場より賃安き２ＤＫに友転居せり

擂鉢の底のようなる谷あいに米寿の母の棲みて離れず

うら若きおんな理容師に老醜の顔を晒して剃られていたる

老いわれが氷雨を避けしコンビニで日頃目にせぬヌード誌めくる

老いてなお好色なるをさらさらに恥じずひとりの愉しみとなす

強壮剤ドリンクを選《よ》る老いの身を撮るコンビニの防犯カメラ

ひもすがらとくとくと呑む元日の酒は御神酒《ごしんしゅ》あなありがたし

風呂の湯に貝殻骨まで沈むときため息となるひとひの疲れ

映画館のうす暗がりにポップコーンをふたり分け合うつましき妻と

居眠りし妻のルージュがうっすらと紅茶カップの縁に残れる

三月は何はともあれ脳病にならぬと聞きし蕗の葉を食ぶ

大勢に流され止めしわれなれば紫煙くゆらすひとをうらやむ

妣の古家

金鳳花を母の棺に置く妻のしろき手なども侘びしかりけり

いのちなき側に納まりほほえめる母の遺影を仏間に掛ける

地味に生きし母に供えし牡丹《ぼうたん》の色濃き紅に胸熱くせり

妻とわれ末の息子と犬猫のいのちが暮らす妣《はは》の古家《ふるいえ》

「怒ってる？」上目遣いに物言いの柔い息子がわが貌のぞく

森よりもなお異界なる街にでて轢死の猫をついばむ鴉

空耳であれどもうれし亡き母がミシン踏む音ひびくこの夜は

「買い替えもこれっきりね」と還暦の妻は真っ赤な小型車えらぶ

信子さま女菩薩《にょぼさつ》さまと懸命に拝みたおして今に連れ添う

ギャラリー

書斎には一脚のみの椅子のあり夕べを老いし猫の眠れる

失いてゆくもの多き老骨にいまだ飲酒《おんじゅ》のよろこびのあり

五月雨にながき睫のしょぼたれる老犬の眼は瞑き隠沼《こもりぬ》

知り人の相聞歌から引火して老いら四人の舌回りだす

海峡の花火見尽し平家蟹水底ふかく眼《まなこ》をとじる

一枚の子の絵売れたるギャラリーをまばゆき黄金《きん》の日輪照らす

炎天をどんこどんこと観覧車からっぽのまま回りていたる

まみどりの雨蛙乗せ田舎から青い車で朋友《ポンユー》きたり

とりたてて何するでなく日曜を地図に旅ゆく崑崙《こんろん》山脈

エンジンをすっぽりぬかれ金属の骸《むくろ》となりし路傍のバイク

純度よきダイヤのごとき七年と妻は言いたり母の看取りを

初競りの河豚

予定なき本日、妻の下知《げち》のまま焚火、焼芋、柿採りこなす

母と娘が華麗な笑顔絶やさないカレー屋のありわが下町に

初競りの河豚去年《こぞ》よりも安値とうわが食卓に上がるなけれど

夕映《ゆうば》えて銀蠅《ぎんばえ》いっぴき越えにけり金木犀の匂う垣根を

四十年パリに暮らせる友からのメールの追記……このごろ多病

硬質な漢字の（鬱）を書くよりもすこしは晴れる平仮名の（うつ）

妻という枝《え》にぶらさがる樹懶《なまけもの》われと倅と犬のいっぴき

ゆく秋のおでんに煮らるる蛸の足見せて屋台の電球ともる

壜ビール飲めばなつかし犬歯にて蓋抜く技を持ちいし友が

猫の忌明《いみあ》けぬ身なれば慎みて秋の例祭《まつり》に今年は行かず

日沈宮

もごもごと起きてもごもご仕事してもごもご眠る師走の夜具に

わが指に飛膜《ひまく》無けれどひとしれず天鼠《てんそ》のごとく冬眠したし

冬空の底なき蒼《あお》にデボン紀のアンモナイトのような雲浮く

ぼおん、ぼんと柱時計がテレビより五分遅れの年明けを告ぐ

人の世の切れ目かここは海を背に朱のいろふかき日沈宮《ひしずみのみや》

懸命にバタフライして来し波が岬でくだけ背泳ぎとなる

漁師らが（牛落とし）と呼ぶ絶壁に黒き海潮《うしお》の渦巻きており

わが生れし出雲宇龍の変を記す（前原一誠就縛始末）

醜男の美学

だしがらの飛魚《あご》に胸びれ残りおり空翔《と》ぶ夢の搾り取られて

図書館のゴヤの画集にひとすじのながき黒髪挿まれいたる

馬頭琴を聴きにゆく妻うりざねのめんこい青の眼《まなこ》しており

月曜に髭ととのえる以外には鏡を見ない醜男《しこお》の美学

かいわれを特売として十円で売るスーパーに十円拾う

「おお、寒《さぶ》」と肩をすぼめてゆき過ぎる赤ちょうちんを振りむきふりむき

なめくじは巻貝なのに貝殻をもたないヌード　塩責めに遭う

肉食《にくじき》にながらえている木菟が闇に啼きおり臓物《わた》ふるわせて

徘徊をしだした母をどうしよう白き槿《むくげ》の散りぼう夕べ

よくこける母に「いたいのとんでけ」と言えば泣き止む　介護一です

仏相を帯びて穏《おだ》しく母のおり白磁の壺にゆうすげの花

わが作るソース味付け焼きそばの匂いに母の眸かがやく

天牛

冬は溟《うみ》　春秋は海　太陽が水面を灼きて輝る夏は瀛《うみ》

出世とは縁なきわれが肴《あて》に食う鰤《ぶり》の煮付けのかまの旨しも

鼈甲の菓子切りをもて分かち合う妻と小昼の抹茶外郎

このごろは呑んでも虎になるまえに狸饂飩《たぬき》で締めて夜道をもどる

六十の妻とシニアの料金でときたまに観るロマンス映画

長旅に疲れましたと天牛《かみきり》が宵の畳につくばいおりぬ

デジカメに撮りし山羊にはわが生やす髭の及ばぬ風格のあり

小判草の穂首垂れおり縊死《いし》をせし友の母屋の解体跡地

オンザロック

村全戸終日停電、もの言わずおおつごもりの蕎麦すすりたり

嘴太鴉《はしぶと》の一羽が霰に打たれつつ「嬶《かかあ》、かかあ」と曙に啼く

元旦に「今年は喜寿」といいつのる卒寿の母に根気負けせり

丑三つに惚けし母が御供えの饅頭咥えわれを睨めつく

キューピーの瑠璃の瞳に混沌《カオス》なくときに癒され時には疎む

本棚と箪笥の隙の暗がりに凋びしあれは夏の灯蛾《ひとりが》

ほうほうと燗酒に酔い群肝のこころは古代紫に染む

風狂われが

嫌な事あった日暮れの股眼鏡《またぐらめがね》すべてを逆の世界に変える

虚ろなる器に有らで口腔は真っ赤な嘘を吐く舌隠す

酒毒など消すというから秋の宵はりはりと食むしろき酢《す》蓮《ばす》を

組板になかよしこよしのなめくじの親子がいます。処分に困る

ヴァン・ゴッホの画集に手紙挟みおく不遇をかこつ郷里の友の

安価なるビールまがいの（第三のビール）に馴染みプルタブを引く

「お歳暮を今年はきっと送るから」……だけど呉れない朋友《ポンユー》ひとり

辰年の日捲り掛ける釘を打つ除夜にあしたの生疑わず

帰省するたびにおやじの盆栽を枯らしたと言いおふくろが泣く

孫の住むデトロイトとは神戸より先かと母が幾度も聞く

吹雪く夜を放置のままの扇風機（強）にてまわす風狂われが

雪の降るしずかな夕べ食卓の蕪の風呂吹歯にやわらかし

美味な睾丸

善良な市井の人で逝きし父「虎視眈々」が口癖なりき

認知症の母の御籤《みくじ》の（小吉）とわが（大吉）をすり替え持たす

はなやかな篝火草をそばに置きやさぐれている雪のゆうぐれ

「気散じに競輪場へ」はいい条で、しょうことなしの賭け事好み

虎河豚の白子は微量の毒をもつ美味な睾丸。冬のたまもの

辛き日はわれら夫婦で頤《おとがい》を外しおりますにらめっこして

傘立てにバット、木刀、空気入れ、杖、熊手らがひしめく我が家

酔えぬまま蕎麦屋をいでて雪に遭いこれ幸いと居酒屋に寄る

焼き鳥の冬のメニューの（寒スズメ）コップ酒にて頭ごと喰う

下町のコンビニ愉しかわたれをネグリジェ姿の客も入り来る

オセロの大勝負

火遊びという逸楽は妻とする慎ましやかな焚火、焼芋

草花は抜かず草のみ刈り取れる妻のやさしさ　しなやかな指

むらさきの藤村信子は四十年以来《このかた》われの若草の妻

連れ合いはもはや私を知り尽し「独りがいい」と小夜ににべなし

サバイデイ《こんにちは》、アンニータオダイ《これはおいくら》これだけのラオス語覚え妻は旅立つ

妻はいま夜のハノイか　わが部屋にふと秘めやかな暗香《あんこう》匂う

ギャンブラーわれとトラベル狂の妻とりもなおさず梅に鶯

皿洗いを賭けたオセロの大勝負あえなく妻に四隅とられる

銀の匙

和菓子屋の店先にあるプランター零るるほどの早稲の穂垂らす

六十を越えてつくづく一夫多妻《ポリガミー》の形態でなき日本を愛す

河原にて小石をむっつ拾いたりわれ磊磊《らいらい》にいまだ生きえず

崩《く》ゆるもの美《うるわ》しと思《も》う今われが銀の匙もて掬う茶碗蒸し

日本は長寿国なり五十代の死を「夭折」と呼んで惜しめる

童貞のままにこのまま死ぬだろう愛犬ポチは血統書もつ

悦びはつねにつかのま。掌《て》にきたる紅娘《てんとうむし》がついと飛びたつ

土手道にＳＯＳのかたちして幾多の蚯蚓くろく干涸ぶ

うらめしき記憶のひとつ銭亀を釣り損ねたる夜店のあかり

覚醒せんと

なにも無いということはない……今しがた千両の実がひとつこぼれた

子をもたぬ隣家の夫婦玄関にアンパンマンの石像建てる

苦味つよき珈琲豆を朝《あした》挽く辛夷のごとく覚醒せんと

淪落の証左のごとき大あくびああ喉彦《のどびこ》が哀れんでいる

にわかなる風にもまれて散る桜ねばって散らぬ傍らの木瓜

鉄瓶の錆を含める焙じ茶にさくらのしろきひとひら浮かす

豊胸の美人に道を尋ねられうろたえ嘘を教えてしまう

肌しろき壺中《こちゅう》の水にさざなみのたてるほどなるわが情念《パトス》あり

園内に囚われ住まう禽獣の自死の思惟なき眼《まなこ》あかるし

白焼きのうなぎ

ネムの花ちぎってもどるひとひらを枕カバーに忍ばせたくて

白焼きのうなぎ青磁の皿にあり玻璃《はり》盃中《はいちゅう》に冷酒をみたす

極上の鰻重でした触り良きくろもじでした精つきました

末の子は失業中もたいりんのひまわり咲かす町いちばんの

誤ってまむしの首を刎ねたれば鎌なま臭し夏日にひかり

大とろを喰う

鰍《いなだ》あり鮗《このしろ》のあり鰆《さわら》あり、ありそうでない魚偏の夏

お鮨屋の魚偏柄の湯のみには鯨ありしか　鯖雲およぐ

お湯のみの鯨の有無が知りたくて阿呆はいそいそ鮨屋に出向く

お鮨屋の湯のみにちゃんと鯨あり気がかり消えて大とろを喰う

（まなぶ）から（な）を消すだけで意味深な（まぶ）となるなど言葉に遊ぶ

山っ気はいまだに失せずさりながら小心ゆえに危うきを避く

日本産松茸尽くしの夕食は今年一番の贅沢となる

泥沼の鼈《すっぽん》 眠りなかぞらの雲間にのぞく十五夜の月

かわたれに柿のもみじの霊離《たまか》れしひとひらが散る入り日のごとく

球状仙人掌

クワガタが騎士《ナイト》のごとき品格に処暑の日暮れのテラスにいたり

夕立に濡れつつ息を吹き返す江戸風鈴の真っ赤な金魚

リビングの灯りにきたる馬追が鳴きそめて知るしじまのふかさ

残生をおもい熟柿に口濡らす死はあまやかなものかも知れん

ほろほろとほろ酔いており秋の日の逢魔が時を誰か来ぬかと

自販機がころもがえしてあつあつの珈琲缶をおとす十月

須臾《しゅゆ》の間のわがつぶやきを聴きくれる棘のかわいい球状仙人掌《さぼてん》

黄金蜘蛛《こがねぐも》の破《や》れ巣残れる常夜灯ひょいとでてきた子狸照らす

鳥打帽目深にかぶり古書店に『金瓶梅』をさりげなく選《よ》る

ふわふわと欲情ゆらし見て過ぎるソープの赤き寒夜のネオン

人目にはわたしゆかいな道化師で生きてる　きしむこころ殺して

南瓜の面取り

銀色の振り子時計は　かつかつと古家に母の寿命を削る

母ひとり暮らす古家の寝室に影絵のごとく喪服の掛かる

甘み増すふゆの南瓜を入念に面取りふっこりふこふこ煮込む

一年で十キロ太った母さんはいま食べたこと忘れるのです

経文のごとく母言う「トシヨリヲソマツニスルナミナトオルミチ」

元旦に死に人がありあり酒くさきわれは香典供えて戻る

鬼虎魚

玉《ぎょく》などと縁なきわれは月に照る丸き小石を路傍にひろう

わが町の銭湯消えて頽齢の総身刺青《そうみしせい》のおとこ懐かし

骨のある風貌をした鬼虎魚《おにおこぜ》惚れぼれと見て買いもとめたり

タバコ屋の色っぽかった老嬢が昭和余情の店を畳みき

夏茱萸《なつぐみ》のまっかなる実を吸う刹那かの夏ふれしくちびるを恋う

「わたしだけ目守ってほしい」が果たせずに別れし人のそののちを知らず

沼の辺に青大将がくねりおり蛙逃げたか飲み込まれたか

築すでに八十年は超えている家に寄生す守宮とともに

別荘もベンツも持てずいつしかと視えてきだしたこの世のゴール

田畑を遊郭《くるわ》通いに手放した亡き祖父の名は善行《ぜんこう》という

ひそひそと戴草濡らす雨見つつ冷や素麺のほそきを浚う

ひだりの悲哀

散らぬまま枯れのこりたる褐色の即身仏のごとき紫陽花

木の株に人馴れしたる嘴太鴉《はしぶと》が餌《えさ》を待ちおり家禽のごとく

左巻き左党そのうえ左前わが身の上のひだりの悲哀

一の丑、二の丑ともに発奮し鰻重の（松）いただきにけり

孤独死の老いの家からのたのたと去りゆく亀に幸《さきわ》いあれよ

隠り世に兄逝きし日の曼珠沙華いのち盛んにすっくと立てり

死のまぎわうっすらひらき産土のひかりを容れた兄の虹彩

いつもの明太子お願いね

晩年の石田比呂志がやってきてぽつねんといた小倉競輪

「お歳暮はいつもの明太子《めんたい》お願いね」しおからごえの姉の催促

亡き父は短気な人で入れ歯をも外して母やわたしに投げた

わたくしと妻のほろ酔い。肴《さかな》には両目寄り添う生干し鰈

去勢せず交尾もさせず死なせたる犬がじゃれてた縫ぐるみの馬

猟犬の血の濃い奴であったから森や繁みが大好きでした

あいつにはお似合いだった水色の首輪にのこる獣のにおい

水餃子みたいな月が大寒の空にぽったり浮かんでいたり

割子蕎麦

喉黒《のどぐろ》が脳《なずき》の淵で啼いている妄想生れて去らずこの夜は

台風の目の空洞にいるごときせっぱつまった静けさに棲む

棕櫚《しゅろ》の葉の民芸品の蠅叩きオール電化のキッチンに吊るす

何日か幻覚遊行《げんかくゆぎょう》していしは一年前の病舎のベッド
うやむやな語尾になるからばれちまうちんけな嘘をわれがつくとき

懦夫《だふ》われも勇者も臥具《がぐ》に包《くる》まればつづまりおなじ眠れるおとこ

背中ひぐれて

冬天はかめのぞきいろ峡《かい》ふかくかすれてありし父祖の墓碑銘

ごいさぎが師走の烏夜《うや》に啼いている。延命措置を義姉《あね》は拒否せり

ほうほうと火熾《おこ》すように啼く木菟《ずく》の森にかかれる銀色《しろがね》の月

蟻ほどの雄螺子《おねじ》が卓に落ちていてわれの世界のどこかが狂う

師走にもハイビスカスの花咲かすしょぼい飲み屋をいとなむ女将

ストレスに負けそうな日のカラオケは七音結句の（唐獅子牡丹）

死のちかき父に睨まれ舌打ちをされた憐れなやつがれである

冬街に信号を待つひとびとの背中《そびら》ひぐれて墓石のごとし

滅多にはわらわない子がもう僕の人生おわりとわらう蟻地獄

鬱もミモザも

はじかみを塩焼き鰆《さわら》にあしらいて夕べひとりの梅見のうたげ

まれびとは赤鼻の友「ウオッス」と巴里からぶらり手ぶらで来たり

顳顬《こめかみ》がかくんかくんと鳴りだして鬱も ミモザも花盛りなり

玉の緒のながき余生と算用しとっぷりひたる惰眠の快楽《けらく》

白桃の疵付けおうて寡黙なるふたつの肌をゆっくり離す

せせらぎに架かる木橋のたそがれを美しくするむぎわらとんぼ

紋白蝶《もんしろ》とまがう半夏《はんげ》の葉の先が夏至のあしたにふるえていたり

群雲が鉄板となり圧しくる幻視を醒ますくちなしの花

十缶の（金鳥渦巻）ことごとく使い切ってもまだこない秋

姥捨て餓鬼

二合半《こなから》の酒にころんですりむいて性懲りもなき膝のメンタム

時雨きてぬらす木橋にわれも濡れ麻痺ある脚が引き攣れおこす

いたつきで舌が回らずくちごもり至らぬことを言わずに済んだ

すいっちょが「スイッチオフ」と鳴いている川内《せんだい》原発再稼動の夜

ははそはの母は惚けて特老に　われは姥捨て餓鬼となり果つ

「これもまだ達者《まめ》だけんね」と九十四《くじゅうし》の母がしている手巻きの時計

夕さりを斜にかまえつつ三毛猫は般若のごとき貌に化けたり

凍て蝶は落ち葉のうらで息たえるまでの要白みつめてあらん

なにごとも逃げの一手のわが死後に吾亦紅なぞ供花するなかれ

あとがき

八雲立つ　出雲八重垣　妻籠みに　八重垣作る　その八重垣を

これは素戔嗚尊が詠んだ日本最初の歌と言われている。その素戔嗚尊を祀る出雲の日御碕神社のある地で私は育った。いけずのやんちゃ坊主の私は、そのまま大人になり、二十九歳で北九州の小倉に移り住み商売を始めた。が、四十歳で突然不安神経症を患い、十年ちかくも外出さえままならない状態が続いたのである。

そんな私を見かねた妻が、朝日カルチャーの短歌教室に誘い出してくれたのが五十歳のときである。そこに五年程通ったと思う。体調もすぐれず、辞めようかと思ったことも度々だったが、根気よく励まして下さったのが矢野京子氏である。その縁もあって、二〇〇四年に「コスモス」に入会した。

私は大阪の大学時代、空手道に没頭した。武道は余計なことを考えていては強くなれない。必須なのは空手のセンス、今にして思えば私にはそれがあったのであろう。頑強な肉体は、強者の対戦にわくわくし、自分を躍動させることのできた充実の四年間だった。

そんな私にとって素戔嗚尊は、学生時代からのながい歳月、単なる狼藉三昧のあらぶる武神という理解だけで充分だったのである。だが、歌を作るようになってからようやく、あらぶる神が、妻を愛しむ優しい歌の作者なのだと伝えた、古代の日本人の心根を喜んでいる自分に気づいたのである。

その為の反動もあってか、なんの衒いもなく私は妻の歌をせっせと詠んでいる。単純にそれでいいと思っている。基本的に私の歌はやんちゃ坊主の延長線上にあると思う。

最後になったが、この歌集の選歌をしていただいた奥村晃作氏にはご苦労をおかけした。それで何とか、出版に漕ぎつけられた事に感謝する次第である。

歌数は三三六首とした。

今年、二〇一六年の三月四日に出雲の母が九十五歳で亡くなった。ここにこれを、六十七歳の親不孝な息子から、妣へのつたない手向けの歌集とするものである。

二〇一六年六月

藤村　学

ぐい飲みの罅

（コスモス叢書第1112篇）

2016年 9 月28日 初版発行

著　者――藤村　学
〒805-0027
福岡県北九州市八幡東区東鉄町5-25

発行者――宇田川寛之

発行所――六花書林
〒170-0005
東京都豊島区南大塚3-44-4 開発社内
電 話 03-5949-6307
FAX 03-3983-7678

発売――開発社
〒170-0005
東京都豊島区南大塚 3 -44- 4
電 話 03-3983-6052
FAX 03-3983-7678

印刷――相良整版印刷

製本――仲佐製本

定価はカバーに表示してあります
ISBN978-4-907891-34-3 C0092